AF363695

VENTE

aux Enchères Publiques

HOTEL DROUOT — SALLE N° 11

Les Lundi 27 et Mardi 28 Avril 1914, à 2 heures

D'UN

TRÈS IMPORTANT MOBILIER

*Chambre à coucher acajou moucheté Louis XVI
filets cuivre
Autre Chambre à coucher acajou Louis XVI
Meuble de salon bois doré
Important Canapé tapisserie d'Aubusson
Meubles — Vitrines — Guéridons — Table à jeu
Meubles d'entre-deux
Belle Bibliothèque hollandaise*

BRONZES D'ART & D'AMEUBLEMENT

MARBRES - TERRES-CUITES - CIRES

FAÏENCES - PORCELAINES

TABLEAUX - PASTELS - GOUACHES

Tapis d'Orient, Tentures, Tapisseries

Piano électrique de STRANSKY

et Piano décor Vernis Martin

ARMURES

NOMBREUX BIJOUX ORNÉS DE PERLES, BRILLANTS ET PIERRES DE COULEUR

ARGENTERIE - MÉTAL

Mᵉ LÉON BAYLÉ	M. F.-H. DE SAINT-PRIEST
COMMISSAIRE-PRISEUR	EXPERT
30, Rue de Mogador, 30	9, Avenue Niel, 9

EXPOSITION PUBLIQUE

Le Dimanche 26 Avril 1914, de 2 heures à 6 heures

IMPRIMERIE ARTISTIQUE
C. CHAUFOUR
4-6, rue Milton — PARIS (IX°)

DÉSIGNATION

TABLEAUX

1 — Paysage.

2 — Portrait de femme.

3 — ECOLE HOLLANDAISE. L'Eté.

4 — ECOLE HOLLANDAISE. L'Automne.

5 — ECOLE HOLLANDAISE. L'Hiver.

5 *bis* — ECOLE FLAMANDE. Intérieur.

6 — ECOLE FLAMANDE. Portrait d'homme. Epoque Charles X.

7 — Sujet religieux.

8 — Portrait de femme. Epoque Charles X.

9 — Portrait de femme. Pastel.

10 — Portrait d'homme. Pastel.

11 — Vue de Venise.

12 — Portrait de jeune homme, fin xviiie siècle. Pastel.

13 — Portrait d'homme.

14 — Portrait d'homme.

15 — Portrait d'homme.

16 — Nature morte : Fleurs.

17 — Portrait de femme. Fin xviiie siècle. Mauvais état.

18 — Vue des Tuileries.

19 — Vue des Tuileries.

20 — Paysage et animaux.

21 — ECOLE HOLLANDAISE. Paysage. Peinture sur cuivre.

22 — Portrait d'un magistrat.

23 — Scène de famille. Aquarelle.

24 — Portrait de femme.

25 — CONDAMIN. La Mort du Président Carnot.

25 *bis* — HENNER. Tête de femme.

26 — ECOLE HOLLANDAISE. Intérieur.

27 — DE JOUGK. Femme au chat.

28 — WALKER. Le Parlementaire.

29 — LAUGRAND (André). Fleurs.

30 — HUGARD. Orientale.

31 — HUGARD. Buste de femme. Médaillon.

32 — HALTER. Jeune Fille.

33 — BOUCHER (D'après). Pastorale. Pastel.

34 — DAMEROU. Paysage.

35 — ALACONE, Muletier.

36 — ALACONE. Portrait de jeune femme.

37 — ABBÉMA (Louise). Dame assise dans un parc.

38 — ABBÉMA (Louise). Intérieur de ferme.

39 — Têtes de jeune fille. Deux pastels.

40 — DELACROIX. Tête de lion. Dessin à la plume.

41 — Enluminures en parchemin. Sujet religieux.

42 — Petit panneau gothique : Portrait de châtelaine.

43 — Deux tableaux ?

43 *bis* — PILLE (Henri). Dessin.

44 — Fixé sur verre ancien.

45 — Portrait d'homme.

45 *bis* — Portrait de jeune femme.

46 — INNOCENTI. Chasseur et paysanne.

47 — LANTANA. Petite peinture et panneau.

47 *bis* — LANTANA. La Bonne Ménagère.

GRAVURES

48 — Série de six pièces en couleur, encadrées : Fores's Hunting Casnalties.

49 — Hyde Park Corner. Kermington-Gate. Thé Cock, at Sutton. Pièces en couleurs, encadrées.

50 — Fores's Munting accomplishments. Gravure encadrée.

51 — Thé Liverpsol Umpire. Gravure encadrée.

52 — Napoléon et le roi de Rome. Lithographie.

53 — Le Déserteur, Paul et Virginie, Jeux d'Enfants, Le Printemps. Le Bouquet de violettes. Le Cabinet de Toilette. L'Amour enchaîné par les Grâces. Passez, Payez. Il n'y a pas de feu sans fumée. Shakespeare, etc., etc. Trente gravures ou lithographies. Sera divisé.

54 — Deux gravures.

BRONZES D'ART

55 — Petit lion sur socle marbre.

56 — Cheval de labour.

57 — Bronze (MOREAU-VAUTHIER) : Joueur de cornemuse.

58 — Deux poules en bronze.

59 — Petit groupe : Femme et Amours.

60 — Taureau.

CUIVRES & BRONZES
D'AMEUBLEMENT

61 — Pendule bronze doré, Directoire.

62 — Pendule bronze doré Empire.

63 — Deux girandoles bronze argenté à électricité.

64 — Lustre bronze style Louis XVI à électricité.

65 — Lustre de salon bronze à quatre lumières.

66 — Suspension de salle à manger bronze.

67 — Lanterne cuivre.

68 — Deux plats cuivre repoussé.

68 *bis* — Plateau cuivre chinois.

69 — Deux flambeaux à cinq lumières.

70 — Deux appliques électriques.

71 — Lustre feuillages.

72 — Lustre bronze style Louis XV à électricité.

73 — Deux appliques bronze style Louis XV.

74 - Lampe bronze style Louis XV.

75 — Deux appliques style Louis XVI

76 -- Lustre hollandais.

77 — Deux appliques torchères.

78 — Deux bouts de table.

79 — Deux marteaux de porte en bronze.

79 *bis* — Cache-pot bronze.

MARBRES

80 — Buste marbre : Tête de femme.

81 — Buste marbre : La Rieuse.

82 — Buste : Napoléon.

83 — Buste femme : Le Printemps.

84 — Buste Conventionnel XVIIe siècle.

85 — Tête de femme.

FAIENCES, PORCELAINES

86 — Deux potiches Chine, décor à personnages.

87 — Tube porcelaine blanche et bleue.

88 — Deux vases porcelaines Chine à personnages.

89 — Deux porte-bouquets porcelaine, signés JACOB, PETIT.

90 — Vase faïence décorée.

91 — Vase faïence de Rouen.

92 — Deux tasses porcelaine de Chine.

93 — Soupière et plat vieux Strasbourg.

94 — Bol porcelaine Japon

95 — Jardinière porcelaine décorée.

96 — Bouillon faïence décorée.

97 — Bol porcelaine de Chine.

98 — Sucrier porcelaine de Chine.

99 — Beurrier porcelaine pâte tendre.

100 — Déjeuner faïence Empire.

101 — Deux pots à crème et plateau porcelaine décorée.

102 — Sujet femme, Saxe.

103 — Vase Empire.

104 — Plat porcelaine du Japon (mauvais état).

105 — Deux vases Empire, décor bleu à personnages.

106 — Deux porte-bouquets faïence de Dresde.

107 — Tasse et soucoupe Saxe.

108 — Tasse porcelaine tendre.

109 — Deux vases cloisonnés.

110 — Bonbonnière porcelaine.

111 — Deux vases Chine.

TERRES CUITES, BISCUITS, CIRE

112 — Groupe terre cuite : Printemps.

113 — Groupe biocuit.

114 — Groupe terre cuite.

115 — Esquisse cire : Tigre couché.

116 — Tête d'enfant. Terre cuite.

117 — Tête de fillette. Terre cuite.

118 — Buste de femme. Terre cuite.

119 — Tête d'enfant. Terre cuite.

DIVERS

120 — Grande malle garnie de cuivres.

121 — Galerie de foyer bronze Louis XV.

122 — Sujet ancien racine chinoise.

123 — Vierge bois sculpté et socle.

124 — Deux lions bois sculpté.

125 — Porte-montre bois sculpté.

126 — Deux ivoires japonais.

127 — Armure fer.

128 — Armure de cheval.

129 — Une colonne.

130 — Glace cadre ancien.

131 — Pied de lampe fer forgé.

132 — Coffre de mariage en fer repoussé du xvie siècle.

133 — Service à liqueurs métal.

134 — Bonbonnière vernis Martin.

135 — Théière métal.

136 — Deux chandeliers Louis XV.

137 — Galerie de foyer.

138 — Lot de bibelots de vitrine (Sera détaillé).

139 — Deux sujets (Composition).

ARGENTERIE ET MÉTAL

140 — Service à glace argent et vermeil.

141 — Verre d'eau éristal et vermeil.

142 — Lampe électrique argent.

143 — Service à café argent.

144 — Quatre vases métal et cristal argenté.

145 — Douze couteaux, manches nacre.

146 — Grand gobelet argent.

147 — Boîte argent, épingles or et perles.

148 — Trousse argent.

149 — Bourse argent.

150 — Lot couteaux, couverts, etc. (Sera divisé.)

151 — Lot plats, jardinières, légumiers, etc. (Sera divisé.)

BIJOUX

152 — Sautoir acier garni de roses.

153 — Bracelet-montre forme jarretière.

154 — Bague d'homme avec brillant.

155 — Trois boutons de chemises or et métal.

156 — Bonbonnière, monture or.

157 — Epingle de cravate or, perle fine et deux brillants.

158 — Bouton or et brillant.

159 — Boîte à poudre or.

160 — Epingle et pierre couleur.

161 — Une breloque or : « Aujourd'hui plus qu'hier ».

162 — Une breloque or : « Semper ».

163 — Deux autres breloques or.

164 — Une bague or et camée.

165 — Une alliance platine et brillants.

166 — Chaîne de cou or.

167 — Un tube or garni de pierres bleues et roses.

168 — Un bracelet-montre.

169 — Chaîne or, pierres de couleur et brillants.

170 — Bague or, perles fines, brillants et roses.

171 — Bague or, brillant et grenat.

172 — Broche barrette or, brillants et grenat.

173 — Trousse or, neuf pièces.

174 — Montre ancienne à clef.

175 — Châtelaine or.

176 — Chaîne or gourmette.

177 — Bague or, saphir sur brillant et roses.

178 — Bague perle, brillant et roses.

179 — Bague or avec pierre cachet.

180 — Bracelet-gourmette or.

181 — Broche croissant ornée de brillants.

182 — Une barrette or et platine ornée de brillants et rubis.

183 — Une bague or et platine, brillants et saphirs.

184 — Epingle de cravate or et platine ornée d'un brillant.

185 — Paire de boutons de manchettes, brillants, rubis, or et platine.

186 — Montre émail et or.

187 — Bague ornée de perle et brillants.

188 — Epingle or ornée de turquoises et opaze brûlée.

189 — Un sac or.

190 — Une glace or.

191 — Broche or et émail.

192 — Un tube or, étui à rouge.

193 — Un canif or.

194 — Une medaille or.

195 — Une bague platine et brillant.

196 — Collier de perles fines, une seule rangée de perles.

197 — Paire boucles d'oreilles perles fines.

198 — Paire boucles d'oreilles brillants.

199 — Bague saphir cabochon entouré de brillants.

200 — Bague ornée de perles et d'un brillant.

201 — Bague ornée d'un brillant.

202 — Bague ornée de deux brillants.

203 — Bague ornée d'un brillant et d'une perle.

204 — Sautoir or.

205 — Sautoir platine, perles fines.

206 — Bourse or.

207 — Bague ornée d'un rubis et deux brillants.

208 — Bague ornée de perles du Mexique et de brillants.

209 — Bague ornée de trois saphirs et de roses.

DIVERS

210 — Deux vases cloisonnés.

211 — Vase cristal, monture bronze.

212 — Encrier.

213 — Nécessaire de bureau.

214 — Statuette argent : Napoléon.

215 — Bouddha bronze, socle bois.

TAPIS

216 — Tapis d'Orient, 3 mètres $\times$ 2 mètres.

217 — Tapis marocain, 4 mètres $\times$ 1^{m}50.

218 — Grand tapis moquette rouge, ton sur ton.

219 — Tapis persan.

TENTURES

220 — Deux paires de rideaux soie.

221 — Tapisserie, garniture de fauteuil.

222 — Dessus de lit japonais.

MEUBLES

223 — Trumeau orné d'une peinture : « Nativité », et d'une glace.

224 — Canapé bois doré.

225 — Fauteuil et chaise bois doré.

226 — Coiffeuse acajou avec glace.

227 — Chimère bois doré.

228 — Bureau de dame marqueterie.

229 — Autre bureau de dame marqueterie.

230 — Guéridon rond avec marbre, Empire.

231 — Vitrine japonaise.

232 — Table japonaise.

233 — Deux vitrines bois de rose ornées de bronze.

234 — Très belle chambre à coucher Régence, acajou et bronzes.

235 — Salon de style Louis XV noyer, de cinq pièces.

236 — Chambre à coucher acajou et bronzes. Style Louis XVI.

237 — Cabinet, prie-Dieu ancien.

238 — Une commode dessus marbre.

239 — Bergère d'enfant.

240 — Table à jeu.

241 — Bibliothèque hollandaise marqueterie, bois de rose et violette.

242 — Cheminée surmontée d'un panneau orné d'une peinture: Portrait de femme et fleurs.

243 — Une bergère laquée.

244 — Une bergère laquée.

245 — Deux chaises.

246 — Un paravent bois doré à trois feuilles.

247 — Table-bureau style Louis XV ornée de bronzes.

248 — Vitrine style Louis XVI acajou ornée de cuivres.

249 — Table à jeu.

250 — Stalle style Henri II.

251 — Causeuse style Louis XVI.

252 — Causeuse style Louis XV.

253 — Bergère bois doré.

254 — Meuble de salon : un canapé, deux fauteuils, deux chaises.

255 — Deux petites consoles style Louis XV.

256 — Vitrine noyer et vernis Martin.

257 — Piano électrique de Stransky.

258 — Piano décor vernis Martin.

259 — Deux petits meubles d'entredeux.

260 — Deux chaises style Louis XVI cannées.

261 — Canapé tapisserie Aubusson.

262 — Fauteuil-pouff, étoffe Louis XVI.

263 — Vitrine style Louis XV, marqueterie.

264 — Deux fauteuils noyer ciré sculpté, **coussin cuir**. Style Renaissance.

265 — Table de salon marqueterie. Style Louis XV.

266 — Un canapé, seize chaises acajou. Epoque Directoire.

267 — Six chaises acajou Empire.

268 — Fauteuil acajou Empire.

269 — Table demi-lune marqueterie et bronzes. Style Louis XVI.

270 — Table à ouvrage acajou.

271 — Tricoteuse.

272 — Ganapé acajou Empire.

273 — Table acajou avec galerie et **marbre**.

274 — Guéridon acajou et bronze Empire.

275 — Deux chaises acajou Empire.

276 — Chaise percée Louis XIV.

277 — Buffet de campagne chêne Louis XV.

278 — Commode noyer sculpté.

279 — Guéridon acajou.

280 — Argentier provençal sculpté.

281 — Table à jeu acajou.

282 — Petite commode à deux tiroirs.

283 — Table noyer sculpté.

284 — Table style Louis XIII.

285 — Deux fauteuils Louis XV.

286 — Deux chaises provençales.

287 — Secrétaire acajou Empire.

288 — Table à jeu.

289 — Fauteuil style Louis XVI.

290 — Un lot de meubles courants, environ 15 pièces. (Sera divisé.)

www.ingramcontent.com/pod-product-compliance
Lightning Source LLC
LaVergne TN
LVHW011455170726
843501LV00009B/3419